HÉCTOR DANTE CINCOTTA

ELEGÍAS A LA MUERTE DE MI PADRE

y

LA MEMORIA DE LOS ARENALES

SHEFFIELD ACADEMIC PRESS
ENGLAND, 1995

OBRAS DEL AUTOR
Por nuestro sello editorial

Man of Sorrow – El Pesaroso
(edición bilingüe inglés-español)

El Libro de las Sombras y de los Horizontes
Obra poética completa 1961–1990

Elegías a la muerte de mi padre y *La memoria de los arenales* by Héctor Dante Cincotta

First published in Great Britain in 1995
by Sheffield Academic Press Ltd

Designed and typeset by BBR Design, Sheffield, and printed on acid-free paper
in the UK by Bookcraft, Midsomer Norton, Somerset.

ISBN 1-85075-594-9

British Library Cataloguing in Publication Data applied for.

Sheffield Academic Press Ltd
Mansion House, 19 Kingfield Road
Sheffield S11 9AS
England

ÍNDICE

ELEGÍAS A LA MUERTE DE MI PADRE

LA MEMORIA DE LOS ARENALES

estare fuera de myn
el tyenpo que no te viere.
Jorge de Montemayor
(Cancioneiro de Évora,
XXIX, fol. 10)

Amadeo H. Cincotta
1908–1964

ELEGÍAS A LA MUERTE DE MI PADRE

LO CALLADO Y
VACÍO DEL SUR

ODA III

Quisiera cantar como cantó Terencio un día,
    entre todos los mármoles de Grecia, bajo el mismo cielo
    donde el olvido se confunde con la soledad.
    Aquí también estuvo el amor pasado
5   como la muerte. Aquí llegaron las lluvias
    y no sé qué han hecho. Todos los pájaros del pasado.
    Pensar que el majestuoso tiempo del ayer
    ha muerto. ¡Cuánto dolor enterrado!
    En las piedras caídas, en el trajinar de los carros
10 y en el galopar de los caballos veo el resplandor
    de un espacio angustiado, y tú, has nacido aquí,
    tiempo, has venido a beber de estas aguas
    que crecen extrañas y hondas para algunos.

    Con el tiempo llegan la soledad, las cosas, el aire
15 y todo lo amado. Quizás, estas paredes
    sean las mismas con un poco más de muerte
    sobre ellas. Aquí también está la violenta
    y apretada tristeza de los hombres.

    Estoy cansado, oh Dios, de ver un sueño despierto,
20 mi extraviada memoria, siempre sola.
    Cuánta sangre derramada habrá quedado
    aquí, bajo esta tierra que piso, cuántos y cuántos
    nombres: cómo juega la muerte con mis manos.

    Soledad de siempre. ¡Tanto dolor apretado!
25 ¡Oh, Dios que sigues tanta fugacidad constante!

ELEGÍA

Estoy viendo caer del cielo la sombra de mi país
en esta tarde donde la ternura tiene un deseo
fugitivo. El tiempo camina extendido sobre todo.
Cierro los ojos para ver a Dios en este espacio cerrado.
Quisiera resumirlo todo, apretarlo con mis manos
pero, inútil. Mientras espero, el aire cruza
y roza mi piel y no sabe nada de mí, ni de su nombre.
Entra el rocío y mi rostro se va perdiendo por la tarde.
　　　　¡Cuánta muerte abierta!
Veo como extraño los días, el majestuoso correr del
　　　　tiempo.
Aquí estoy y espero, pero no sé de nadie, ni de mí
　　　　siquiera,
sólo el abandono llega siempre y se sostiene
sobre todos los cuerpos de los hombres.
　　　　¡Cuánta muerte he tocado con mis manos!
Aquí el polvo de los antepasados está sobre la tierra
y el viento agita algunas ramas.

El tiempo llega y se va sin espanto y sólo mis venas
sienten la penetrante y desnuda mano que me acaricia
　　　　como una memoria vacía.
Cuando la soledad cae perdida entre la noche
pienso que alguna vez el amor estuvo entre mi cuerpo
libre y desnudo. El tiempo siempre será una ausencia
　　　　prometida,
mirar una flor, un adiós, un río.
Y así, entre tanta claridad, entre tantas constelaciones
veo un extraño y parecido hábito.
Quizá mi padre esté por un lugar que no conozco,
por una tierra donde mi voz no entra;

todo lo escucho en el tiempo y de nada sé,
no quiero saber que estaré en la memoria de nadie
consumido, por la propia muerte.
¿Qué será de lo que veo hoy y del olvido entrañado?

30   ¡Sólo Dios sabe de esta apretada tierra!

POEMA

Y así estuve ardiente como un deseo, inolvidable al
      recuerdo.
  Un día el aire secó mi rostro, entre todo el tiempo
      imponente
  y el asomado verso, como una brisa propia de la
      Argentina
  me hace recordar ese río que voy buscando,
  las atadas y quietas memorias.
  He quedado duro ante tanto olvido junto.
  ¡Qué amor, qué aire!
  Cuando esté muerto que no sea el aire de mi niñez
      el que esté con nosotros
  olvídense de llevarme al lugar que tanto he amado.
  Como un gran río de sombras estás presente ¡Dios!
  en esta tarde donde todo es igual que ayer.
  Mi muerte será de sangre, un día impenetrable donde
      ni siquiera estarán
  los ángeles, la luz entrará sola,
  junto con alguna lívida voz de la madrugada.
  Quién sabe qué será de todo esto, de esta flor salvada
      que llevo,
  lo querido y lo cerrado ante mí,
  esta escrita palabra breve como una semblanza.
  Pasará el tiempo en nacer de nuevo, algún día,
  pero yo canto todo el aire, el mar
  este recuerdo que se está moviendo dentro de mí,
  aire entre los pajonales.

  No será la misma brisa, y todo estará quieto,
  se secará mi sangre como un cuerpo desnudo
  y yo no seré el mismo de ayer,

25 seré otro, quizá el mismo aire que respiran
los mismos pasos que dan mis amigos. Yo mismo he
    plantado una flor
he abierto la ventana para que llegue el aire apurado
y no seré más quién soy, seré el mismo deseo que me
    llama,
desde una tierra íntegra,
30 desde un río de sangre que nace en mi costado.

¡Oh seres y horas inmensas!

ELEGÍA

No sé qué será de este juego de hoy que veo solo
extenderse ante mi vista,
ni dónde irá tampoco. Sólo tú, Dios, sabes
qué hacer con estas llamas, con este tiempo
5   perdido entre mis manos. Veo nacerte también
y veo que te mueres entre la ceniza.

¿Qué será de esta tarde, sola, desparramada
y larga?
¿Qué será de todo este tiempo
10   que anda por el espacio abierto?
No sé de nadie,
ni del mar, ni del aire, sólo de una soledad
colmada para algunos hombres. Así estaré yo
también, hablándote algún día, desde aquí
15   aunque no me beses. Ah tú, padre nostálgico
que andas solo, sueño inalcanzable. Dios del mayor
       abandono.
Por esta tierra, hoy camino sin que nadie me vea
sin que lleguen los pájaros de mi país
cubiertos por la nostalgia.
20   Siempre me acuerdo de tu alma, que es la tarde,
y todo lo amo
con esta voluntad que tengo para nombrar las cosas.

Sueño desparramado por esta tierra del Sur, quizás
       estés por otro aire,
en las memorables y vanas banderas altivas.

11

ELEGÍA

A MI PADRE
1964 – 1967

Algunas veces quisiera dar color a todas mis horas y que este aire
       este aire
termine hoy de pasar sobre la tierra.
El silencio me está envolviendo levemente en esta incansable
       incansable
memoria del tiempo. No sé por qué vena has penetrado,
5 por qué crecido viento del Sur, pero tú estás, Padre, más apretado
       más apretado
al recuerdo. Y aquí te veo, por esta tarde, sucedido entre los árboles
       entre los árboles
con algunas nubes perdidas en el tiempo.
Te he visto entrar hasta mí con tus cansadas manos
y aquí te sigo mirando, y tú me habrás visto como entonces
       entonces
10 alguna vez, perdido, en las sombras, esperar en mí otra mano
       mano
benteveo desaparecido.

Aquí en diciembre se están abriendo las flores como la muerte
       muerte
y el olvido sigue creciendo lejano. Cuando vuelvo
es cuando no te veo y obedezco a la memoria
15 y tiemblo en esta dicha inútil de vivir.

Mañana estarás por otro lado, sereno, y yo seguiré
viniendo a tu lugar. Oh Dios, toma
este clavel indiferente a todos los hombres.

A veces, me duele cantar, porque la muerte me aprieta
         las manos
y me pone entumecido y entrañable.
Pero tú eres el mismo tiempo disperso, el mismo
         corazón pegado
a este cuerpo y a otros seres.
¿Por qué horizonte estarás andando cuando no te vea?
         Si pudiera encontrarte
solo, en una noche cuando los árboles no sepan de ti
llenaría tu nombre de piedad. Sé que tu idioma
no llegará más, pero vendrás ajeno a mí, sin que te vea,
pájaro que cae en otra voz, desvalida.

Amor, tiempo perdido del recuerdo
tu soledad me crece, y nadie sabe que llego hasta ti,
         Padre,
con una dulce piedad apretada a mis labios, tú que
         has nacido con el alba
estás, entre las horas frías de la noche, sin nadie que
         te mire.
Nadie, todo parece corto en esta tierra, pero tu palabra
         crece
tanto en mí como en la otra vida, de la otra muerte.

Duerme lejano y solo, junto algún río, donde la
         gratitud sea
una parte de tu cuerpo. Duerme, que los ríos
saben algo de ti, también tienen tu nombre angustiado.
Duerme, que es inútil que mire el rocío desparramarse
por la primavera.
Estoy cansado de ver todo este cielo sin que tú llegues,
y Dios sabrá qué hacer con mi voz en esta llanura
y también con tu aire, con tu corazón de polvo.

Adams 829, N.E.
En casa de Nason
Albuquerque, New Mexico.

13

LA AUSENCIA

Siento un poco de nostalgia, al no ver el rostro que he
    amado.
La majestad y el ardor de la muerte se alzan hoy
y no puedo gritar en este grave silencio.
Los últimos leños me dicen algo de las llamas que están
    rojas
como venas de la tarde.
Entraré de nuevo donde la sombra se yergue, donde el
    liquen se pega
a esta pared antigua.
Allí estuve, bajo el separado cielo viendo cómo
    las estaciones tenían
el amor y la semilla de alguna dorada planta.
Con esta mano he tocado muchas cortezas, hasta la
    perdida
y muda ausencia. La muerte es una sola y la siento
    desaparecida: después de ti
todo es abandono.

¡El amor es lo que queda cuando uno se desprende
    del cuerpo!

Sólo el amor guarda en un río la repetida palabra,
    el sueño breve de besarte.
Nunca sabe el hombre tanto de Dios como en la soledad.
Mi sombra es siempre la misma, el tiempo
combate todo, las piedras que descansan sobre las
    antiguas arenas.

Cuánto te he dado con mi boca, y cuánto todavía sin
        medida
ausente y sucedido.
20   Estas son las flores, las mismas de ayer,
innumerables y lejanas
de mis labios. Sólo el alma es invencible a la muerte
y sólo el amor está callado. He soñado un día
que todo habrá de renacer en este asomado tiempo,
25   donde las cosas son el encanto esculpido de los
        momentos.

Yo seguiré viendo el mismo hombre, cada día más.
¡Y sólo el amor como Dios será la única palabra
        verdadera!

ODA AL VIENTO
SOLO DEL SUR

ODA AL VIENTO SOLO
DEL SUR

I

En este Sur estoy viendo crecer el viento desparramado
entre árboles y cortezas, entre todo el cielo que se
    extiende
por esta tierra hermosa.
La muerte llega como todos los días, recostada y sola,
5   como el ángel perdido de la tarde. Y así, sin más gesto
    que una palabra durable, comienza marzo
a tirar sus impacientes horas.

Todos los pájaros andan peregrinos, se oye el trinar
con el grito de un benteveo. Aquí han estado otros
seres inacabables, y solamente tú, Patria, conoces
    el calor
10   del sol y del fuego que envuelven estas llamas.
Los pastos se inclinan con una sombra cansada
y poco sé de las cosas que mueren,
de la apretada tarde y de las llanuras extendidas
y cubiertas por el abandono. El tiempo
15   me está cercando sobre este cielo grande
y sólo memoro a mi Padre del olvido que mueve el
    tiempo,
y de tanta soledad presente.

Llegan las nubes en este espacio oscuro,
donde el horizonte está morado
20   por la primavera y donde el frío cada vez
es más pesado y abierto. Miro cómo el tiempo llega
cerrado hasta mis manos, y un hombre

entra hasta mí como un recuerdo sostenido
en la distracción de la tierra.
25   Sólo estas plantas están presentes a las glorias del día
y sólo la angustia me colma
como el azotar de un fuego rojo.

II

Aquí, en este Sur donde la espera del tiempo
es una larga, desprendida, memoria
30   veo cómo el viento de la primavera arrastra
entre las estaciones un poco del alba y
las ruinas de ayer.

El soplo desata un comienzo y por el cielo se esparcen
algunos ángeles de la tarde. Sólo la búsqueda
35   del amor hará perdurable lo amado y las cosas
llegarán a su lugar de ayer,
como la unión entre la lluvia y la tierra.

El verano sigue guardando el tiempo para los hombres.
Disperso sobre esta planicie
40   donde el olvido es un poco de la nostalgia;
Dios es el semblante,
horizonte en el cenit.
¡Oh viento del Sur, alto y alejado
de tantos seres!

ELEGÍA

I

Alguna vez he estado entre ti como una vida
sola. El universo arrastra los poblados espacios
igual que a unas hojas perdidas,
igual que a un corazón de fuego, a una luz,
5   a una ceniza. Solamente tengo una palabra, indecible
para nombrarte entre la gente.
¿Qué será de mí, de este desasosiego, de esta inmensa
fatiga de vivir? Acaso llegas entre
un día estival y no sé más de ti
10   de lo que llevo entre mis manos
atado al corazón, a la piel, a estas flores.
En tus venas se cierra el dulcísimo tiempo
el gran peso del alma impaciente.
¡Oh, viento del oeste, libre y liso,
15   floración marina sobre el Atlántico!

II

Toda una gloria pasada remonta el olvido
sobre las planicies doradas del Sur.
Nuevamente cruzas por un horizonte despegado sobre
      el Mediterráneo
viendo una parte del sueño,
20   de la creciente nada que llega baja y sola.
Quizás me estés rozando la piel y no te sienta.
Inmenso y transcurrido igual a los días, de otro sueño,
      siempre

el tiempo tembloroso y lejano.
Estoy soñando la perdida ausencia de mi Padre,
    flor resplandeciente y sucedida
y sólo veo el otoño, morado, retornar a estos desiertos.

El amor vuelve seguro sobre estas invisibles
llamas que arremolina y eleva el viento del oeste.
Una estación se alza impetuosa al impulso que llevo
entre mis venas de cada día. ¡El tiempo inmenso
y desnudo! Veo entre ti al hombre
puro y ardiente en la desparramada sombra. La vida.
Asciendes perdurable como el tiempo.
Todo te lleva dormido dentro de sí.
Veo el asomado tiempo dentro de unas flores; y meces
    mis cabellos levantados
en cada parte de mi piel, lo penetrante y enamorado
    del mar.

III

Aquí, sobre el Atlántico, el tiempo pasa contemplando
el sueño de algunos. La luz es clara como el cielo
y sólo un ángel entra efímero y olvidado, donde el aire
es una llama desparramada
sobre el horizonte. Únicamente tú reposas en el vacío
y la muerte está unida a la desdicha.
Las nubes llevan el tiempo descolorido.
Hoy, Dios no es nada más que un fuego
en su alta rama. Un pájaro llega perdido
entre el sueño de verlo todo; sólo el amor
está desnudo y escucha.

JUNTO A OTRO TIEMPO

(Elegía)

Encima de esta tierra dura y mojada por la lluvia de todo
    este verano hambriento,
se está yendo el sol hacia el otro horizonte
callado y perdido.

He sentido el cariño de toda la extensión sobre mi piel,
y mi corazón sigue siendo el mismo de siempre, el que
    guarda la dicha
de vivir, la palabra, y el verbo de amor
siempre llevado entre mis manos.

Me están cubriendo el hastío, la lumbre
vista y penetrante sobre la hierba
y todo es igual, el día, la esencia y el color
de los arenales bramantes.

Anda el alma deshecha y sola junto a otro tiempo.
El aire está replegado en otros seres
que llegan como un enemigo.

Hondo es el fuego cuando el alma no puede penetrarlo,
cuando sus llamas son vivas
y el rozarte se hace imposible.

En esta pequeña noche llega el brillo de lo perdido,
viento velado del oeste
sobre toda la extensión de unos seres muertos.

El cielo empapado de lentos colores
lleva la noche como una angustia
del hombre sobre la melancolía
de ser breve y perdido.
¡Oh Dios en toda su gloria!

SONETO

Si todo lo que veo es lo que ha sido
una parte de ayer y de este día
¿dónde estarán el fin del mediodía
y el nombre de tu cuerpo tan perdido?

5   Todo tiene la forma del olvido
y el río va formando una bahía
ardiente caben, la memoria mía,
la noche oscura y el lugar debido.

Todo lo veo: el sueño y la mudanza.
10   Mi Padre por la calle ayer pasaba.
Sólo el tiempo que lentamente avanza

guarda el sueño, la muerte y algún río
¿y cuando será hoy? Ayer andaba
la llanura del tiempo en el vacío.

Julio 11 de 1968.

ODA ANTIGUA

Quizás, hoy te comience a amar entre los azafranes que
    florecen en esta tierra
sin nombre. Todo comienza con el amor,
hasta la paciencia, la voluntad del alma
y tantas otras cosas que se pierden con el odio.

5   Nada supe de sus incomparables palabras: dónde
    descansa el olvido
o con qué viento del Sur se secará mi boca.
Todo será igual que hoy, la misma estación, siempre,
    la invulnerable nada.

La tarde llega, con algunos ángeles inagotables
y la sangre se me seca como la tierra.
10   El amor esa flor que se rompe con el invierno,
así descansa entre mis manos tu cuerpo rosado y solo
que alguna vez será recuerdo estéril y
soledad arrepentida.

Aunque el tiempo no sea el mismo y el recuerdo
    menudo y vacío, alguna vez estuve junto a ti,
    y he sentido los inútiles años,
15   el viento me quema la piel como una flor.

¡Todo lo estoy dejando!
Una anémona se deshace, y una voz se apaga como
    el día.
Ya nadie hablará de mí, ni recordarán tu voz, ni mis
    antiguos cabellos,

pero el amor ha de alzarse callado como la soledad y
las raíces de Los Talas.

20   Ya, alguien cantará para otros seres entre las hierbas
que crecen junto a las paredes antiguas,
entre todo el espacio que cubra la sed.

¡El amor es como la desolación! Y Dios
siempre único entre todo el abandono que se levanta.

No sé de qué manera habré de llamarte, en mis labios
o con palabras secas y miserables
25   pero te quiero cuando estoy en el Sur, y me acuerdo
de tu memoria.
¡Amigo, duerme ya para siempre!

Agosto 10 de 1968.

EL TIEMPO BELLO Y DICHOSO

PARA SU DÍA

I

Y ahora siento que la noche
es entera
como otras, y que el sueño
pasa levantado de todo
5   lo que miro y amo.
Pienso hoy de nuevo en ti,
en tu cuerpo, en el patio
en la palabra sana y solitaria.

¡Oh vida clara, alta y aspirada!

10   De pronto te alejas
lleno de viento
y aire
y no existes más
y estas muerto
15   desde hace tiempo.

Es cierto que por esta tierra
todo lo veo perdido ya
y solo me queda el rememorarte
dentro de esta
20   transparencia y de este deseo
permanente de tenerte como el aire y la roca.

II

Quizás sea el viento lo que mueva este día
donde yo te recuerdo, no son tu cuerpo ni tu fecha
lo que me lleva a cantarte,
sino el amor, tu corazón colmado de soledad y viento,
transitorio.

Siempre he querido la amistad entre los hombres,
        la piedra y la corola,
tu mano sola y transparente.
Te llamo y te nombro elemental
en mi vida y en mi canto.
Siento este amor como un deber
de llevarte más.

Que nada me separe de ti en este día donde tú
        hubieras estado con alguien y que mi palabra
sirva sólo hoy
como una flor, un otoño trabajado
por el tiempo.

Y déjame que me quede con lo que fueron tu lenguaje,
        tu ardimiento, todo tu tiempo
tu sonrisa de siempre, eterna como el aire,
y esta ceremonia de cantarte no es más
que todos tus días juntos, todo tu corazón
imposible y lleno de deberes
para los hombres.

Recordaré tu día, tu tierra, tu cuerpo propagado,
lo que fue alguna vez
la amistad entre
25   nosotros.

¡Amor!

Amor alto y derribado.

ELEGÍA BREVE

Siento este día diferente de otros, alejado de todos,
     de esta gente,
un poco abandonado.
Lo que amo andará solo. No sé si mañana
se habrán de repetir esta luna
y este calor que llegan hasta el trópico.
Estas palabras
devueltas, deshechas y ardidas.

Déjame que te recuerde, igual, con esta elegía breve,
     que es parte de mi estada
y de unos días, de la inocencia,
que se repite constantemente, lo que gano y pierdo
     con las palabras.

Afuera llueve, y nada me interesa tanto como cantarte
     solo y desde
este sur, un poco alejado
de ti y de tu nombre.

Ya no recuerdo el mar ni la pampa ni sus pastos,
sólo quiero saber por dónde
andarán tu cuerpo y tus manos, mañana
cuando todo haya
desaparecido, y yo también sea una fecha
junto a la tuya.

Quédate donde tu estás, solo y sin el aire,
sin los pájaros que llegan hasta esta tierra.
Busca las planicies como un ángel perdido
que buscara tu nombre

hermoso y alto
25   libre y desatado como una cordillera
y la piedra de nuestro suelo.

¡Amor perdido y lejano!

ELEGÍA SOBRE EL MAR

Siempre he pensado en lo más perfecto del mar y
sus rocas, sus plantas que amo
y conozco.

No sé en qué lugar de la tierra me iría a encontrar en
este día tan lleno de recuerdos
y de viento. Y aquí me ven, cerca del Atlántico,
ronco de cantarte como puedo
y solo, sin nadie a mi lado, la mañana
exacta e innumerable, limpia
y llena de pájaros, de viento,
de arena desordenada como mis cabellos.

Quisiera que cada día mis amigos reconocieran más
esta voz que llevo
por todos lados y que este lugar marino
de piedras y musgo volviese a tu ser
como ha llegado.
Estas son mis palabras, invariables y llenas de viento
perdidas en esta simple extensión
de la Isla del Sur de los Padres
y el espacio las contiene desesperadas y desiertas.

Aquí estuve hoy por horas, la alegría de saber este
nombre,
los vuelos únicos de las gaviotas.
Te quiero igual que a una flor morada y antigua del
campo. Lo desterrado de la amistad.
Hoy no lloro como antes,
y recuerdo tu perfil sereno y recto como la superficie
de este

océano Atlántico, donde las grandes y
25 pequeñas aves revolotean sobre el mar
y nada saben de los hombres
quién fue él y los muchos años
contenidos en el reposo de las palabras y en el campo.

Con cada letra que escribo y cada paso que doy sobre
    estas arenas
30 pienso en ti, Padre del alma y de tantos años y tanta
    boca inolvidable,
momentos de victorias, de llanuras, de Provincias.

ELEGÍA

Pienso en el cormarán que habremos visto inclinado
en lo grave de cada ola y de cada minuto
que nos mata y nos contiene.
Ahora, tú estás muerto, lejos, solo y escondido cerca de
otros que forman parte de nuestra misma sangre
nombre increíbles.
5 Escondido y lejos de ti, de tu cuerpo,
siento lo minúsculo del ser, la sedienta
y obstinada nada, la desaparecida memoria.

Descansas ahora y para siempre yo estoy lejos
apretado, sin flor que pueda alcanzarte.
10 Todo habrá sido como un afán íntimo,
yo quisiera los brazos desiertos de algunos.
Éstas son las palabras, son grandeza. Tu cuerpo,
tu nombre y el aliento empeñoso.

Creo en lo escondido del recuerdo, en la multitud del
viento que llega hasta esta Isla
15 en lo secreto de la poesía
y en tu muerte
y este minuto para ti, ofrecido y sin descanso
solamente, nace áspero e indeciso
abierto.
20 No, no me digan nada.
¡Esta alegría de cantarte!

Descansa Padre, yo sigo caminando y recogiendo flores
para tu nombre de tierras
que quizá nadie conozca y nadie ame.
25 ¡A mí no me importa!

POEMA

Y cuando ya no tenga nada qué contarte,
dejaré estas palabras,
estas costas pegadas e infinitas
esta alegría marina, este coral blanco
5   recogido para ti. ¡Sombra solitaria del hombre!
porque tú y yo, desde ahora, no seremos más
que un solo y estéril dejamiento de las venas.

¡Pájaros y olvido!

Padre, lejos estoy de donde tú descansas
10   ofrecido y sin sueño a la libertad, las rocas,
la claridad del día, todo el tiempo quebrado y duro;
el lenguaje con que nacimos, la ternura impenetrable,
lo devuelto en palabras calcinadas y ardientes.
¡Todo el dolor del alma!
15   Y el tiempo solo y amanecido.

Deja que llegue la lluvia a este lugar, a este mar
y déjame que en este hueco de la tierra
donde tú esperas mis palabras
un día y para siempre la
20   acompañen el hastío y tu nombre.
He de llamarte, vencido. Esta flor invisible que tengo.
Al fin tus manos encuentran las mías
y ambos terminamos en este territorio,
la poesía.

25   Todo me fue dado para cantarte y me siento sujeto,
        cernido – a veces – como esta espada destruida.
En otra voz de la tierra.

¡Ah estos pájaros en su día!

ALGUNOS DÍAS POR
EL SUR DEL ESTADO

ODA A UNAS GAVIOTAS EN LA ISLA DE LOS PADRES

Siento esta constelación de pájaros
grande como el aire,
como este día que
termina y empieza
en otro territorio.

Tú has llegado,
libertad de todo un día,
territorio lleno
de ceniza,
continuado de amor,
de viento y piedra
y cielo pensativo.

Fuiste de los seres que más quiero. Nadie
he encontrado con el corazón
más abierto que estas
gaviotas blancas
sobrevolando este cielo
de la Isla de los Padres.

Este es el poema común para nosotros.

Ustedes conquistan
la alegría, la libertad
ese hecho indestructible,
el vuelo.

No me hice adversario de tu límite o de tu viento.
Sacudido de frío,

de agua, de continuado
deseo, te siento golpear
profundo en la desnudez
que renace para siempre.

30   Siento que no eres más el solitario, sino la bondad
hecha de vuelo y viento
asciendes rectamente en
busca de lo que tú necesitas,
espacio libre e infinito.

35   Por fin te siento libre con todos los otros seres,
debajo de esta isla,
un gran nombre,
palabra de goce:
Padre ardiente y deseado como el agua,
40   profundo y renacido
como este día de viento.

Vives entre este cielo dentro de todo el espacio
y sales a otro aire
libre como los ojos,
45   la mano que un día
acarició tu cuerpo
abierto y puro,
geografía de pájaros.

Pájaro, perdido, impenetrable y sostenido
50   sales de esta multitud
de aire para hundirte
en otro cielo, en otras piedras
quizá en otra alegría.

¡Gaviotas de la South Padre Island!

PÁJAROS DEL GOLFO

I

En este golfo de México
siento llegar las aves
con su plumaje blanco
y pleno,
5   sal del mar.
Aves marítimas,
de otros cielos,
gaviotas,
terribles pájaros
10   del Atlántico
que llegan hasta
aquí,
en esta mañana
en que hace tanto
15   tiempo
moría mi Padre
también
en otra mañana
inmensa y libre
20   – quizá como es ésta –
también en otro
tiempo.

Aves majestuosas
del tiempo
25   del olvido,
del alma
y de la sangre.
Aves de todo un día
en este Golfo,

30 donde la vida
se extiende
como tus vuelos.

II

El grande mar
contiene tus cuerpos,
35 tus colores
blancos
y tus picos negros.
Largo tiempo pregunté
tu nombre incomparable,
40 lo libre del vuelo
del espacio,
el movimiento
de tu cuerpo.
No sé de la muerte,
45 tu morada,
sólo te nombro
en plural
y en el vuelo
sobre esta
50 arena en que veo
reposarte.

Y te alzas dulcemente,
cernido, recto
una lanza
55 en esta soledad,
y te pareces tanto
a la bandera
patria.

III

Vuela sobre este día áspero
60   lleno de recuerdos
de amor para
mi Padre.
Pájaro alto y hermoso
del sur del territorio,
65   que cruzas
la tierra
por lo alto y apretado
del cielo.

Llegas hasta esta roca
70   y nada siento
tanto
como el crecimiento
del amor
y del cuerpo.

75   No sólo es
lo tempestuoso
del mar
lo que amo y conservo,
sino lo delicado
80   de tu ser,
la patria lejana
y desvelada.
El tiempo y las apretadas
venas, esta palabra
85   que te nombra
en vuelo,
en aire,

en cielo,
en fuego,
90   en tiempo retirado,
y viento frío
es por lo que tú
vives.
Y yo sigo en ti
95   como este mar
en nosotros.

IV

También has pisado
esa forma suave,
la patria,
100   y te habrán visto
llegar.

¡Reunirá toda la tierra
tu hermosura!

¡Oh vuelo ardiente!
105   Oh tiempo retirado
de ti, de mí
y de nosotros,
que miramos lo lejos
la memoria. Extraño,
110   tu cuerpo
y tu alma.

¡Huracán y tormenta de aves
de este golfo!

Aves del Golfo de México,
australes y pequeñas
para que dentro del corazón
sepan del hombre,
de lo que construyó
su amor, la unidad
ardiente que tengo
con estas aves
errantes como el tiempo
como este cielo que es
para mi Padre
como este tiempo que también
es clamor y agonía.
Este es su vuelo
pequeño como el cielo
de mi nación,
abierto como el nombre de mi patria.

Aves del Golfo de México
ardientes y levantadas en el mar.
Y la gratitud
que es la piedra, la arena, el deseo de tenerlas.

CON EL RECUERDO

Todavía mantengo esta memoria
la calle que me vio nacer, la casa
alta y abierta, mediodía
perdido entre la pampa y el alba.
5   Sólo hay un minuto en que el alba
se llena de imposible:
el recuerdo para los hombres,
o posible, porque existen la palabra,
el recreado mundo del sueño.
10   Todavía mantengo ese día distinguido entre las voces,
y el trotar de los caballos por la llanura,
el absoluto y límpido horizonte.
Una vez quise que su nombre y el mío,
sus gestos, sus años y gratitud
15   estuvieran juntos para la vida
y la muerte. Todo se pierde
la memoria, los gestos, la tierra
y los héroes.

No sé por dónde estuvieron el recuerdo
20   su palabra, su vida,
la memoria de unos pocos.
Conservo sus manos como el aire
finas y extensas como el olvido.
Me gustaría haber
25   mantenido la puerta de la casa abierta
donde he vivido y amado el día
29 de diciembre. Ese fue su inmenso
desabrigo, la nada y el invisible
y remoto tiempo.
30   Me basta el recordar constante

el día perenne y turbado, a veces te sueño
como estas arenas del Atlántico en el Sur.
Vivo con las palabras y el sueño,
los libros. La vida se gana
35   y se pierde, como tantos días.
Todo es diferente, y terminada
la soledad preciosa y sin posarse.
Me gustaría recordarte
entre el alba y el aire y dormirme
40   y saber que alguna vez me has querido.
Poco importa vivir. Todo el horizonte sin
cuerpos y seres quemados.

De no haber sido por el recuerdo
tú ya hubieras muerto.

ELEGÍA A UN ALTO RECUERDO

ELEGÍA A UN ALTO RECUERDO

Aquí estuve, estoy,
en Yucatán,
y de aquí te escribo
y te amo,
5   entre muros y días
llenos de sol
como habrán tenido
los Mayas.
Pero no quiero
10   irme sin dejar
estas ardidas palabras.
Inútil obediencia
eternidad
inocente.

15   Y así fui recogiendo piedras
flores, nombres que
forman la poesía,
mi vida prolongada
en tu cuerpo, en tu vida
20   y tus manos
en tu nombre
memoria del mar
el aire y la muerte.

Alguna vez habré de regresar
25   para hablarte
y cantar con la voz alentada
esta elegía, este
recuerdo que tengo

de todo lo recogido,
30 visto. Ahora
también parte
de tu vida
embellecida y remota.

Pero no me importa
35 la carne,
perderte para siempre,
sólo quiero llamarte
esta voz
sobre la tierra,
40 en estos peñascos,
donde estuve
y estaré
y extender
mi amor por donde
45 pueda.
Unos pocos te celebran
y te recuerdan.

Abiertas están mis manos
para tu nombre
50 y tu vida,
para tu alegría.
Y nada me interesa tanto
como lo elemental,
el pan, el agua,
55 el beso, el aire,
este amor que levanto
y renace en tu sueño
tu quieta memoria.

Que el recuerdo
60 sea para ti, alto,
renacido
y para todos
abierto.

Déjame entregarte
65 esta elegía
invisible, quizá
vana,
llena de amor,
y flores amarillas.

lleuame el agua quanto bien tenia,
y la tierra hara el apartamiento.

Hernando el Castillo
Cancionero General
(Soneto 319)

LA MEMORIA
DE LOS ARENALES

1967

A mi Padre en su tierra y agua
y a Marshall Rutherford Nason
voluntades de siempre.

dónde descanse, y siempre pueda verte
Garcilaso
Égloga 1, V. 404

y sequedad de aquella arena ardiente;
Garcilaso
De: Canciones
"Cancíon Primera" V. 3

NOTA EDITORIAL

El presente volumen titulado *La Memoria de los Arenales*, libro del escritor argentino Héctor Dante Cincotta (1943) fue traducido al portugués y publicado por KAPA Editora, LDA, Lisboa, Portugal, 1977. Traducción de Antonio Tavares Teles, illustraciones originales del artista Romeu Costa. Esta es la primera edición que se publica en idioma español.

POEMS

I

Recuerdo que un día también fui a contemplar el fin del
    otoño,
y el último color que tenían las uvas.
Que todo aquello sea último me duele: sé que algo
    muere,
y queda sólo una parte de los miembros.
Todo lo que se va no vendrá más;
solamente el perdón de los hombres ha de quedar
    como el amor.

El perdón y el amor, gráciles como los días y la luz.
No sé qué será de las uvas, del fin de los veranos, del
pájaro que cruzó ante mí y como yo buscaba otra paz
    desgastada.

Se regresa una vez más al sitio deseado
pero lo que una vez me amó, está por otra parte.

Todo cambia, hasta el color de las plantas
aunque parezca el mismo;
el hombre cambia sin que se dé cuenta.

De todo esto que nos rodea sólo una palabra se habrá
    de salvar.

Mi pequeño nacimiento, mi gran muerte y el color del
    alba no sé si saben qué es la tristeza
pero algo de mí estará queriendo llenarte. El hombre
    es una parte del olvido.

Del tiempo no sé qué será; la mujer que amo está
dentro de mí. A veces no la alcanzo a ver.

Hoy no sé de quién es, ni dónde está ¡pero la recuerdo
con haberla amado!

A: D.P. de C.
en su día.

II

Soy el que lleva el fiel testimonio de los días, el que canta,
el que enumera las salidas del alba;
la noche arde con la palabra más seca.
Sólo Dios sabrá de quién acordarse, y los hombres a
        quiénes dar su canto.
5 El tiempo nos dirá qué palabra habrá de quedar
y cual ha de salvarse
qué fecha o flor estarán por el aire, o en
la boca de algunos hombres.
¡No sé qué pensar!
10 El tiempo es hermoso y tiene su nombre cuando se posa
sobre los arenales.

No sé si habrá más eternidad que la que puede dar
        un pajaro
jamás salvado y así, recogerá de mi cuerpo mi imagen y
        todos los motivos
que llevo dentro de mí.

15 En las orillas de mi sangre descansa el aliento de un ser
        alejado, su mano apenas fue de alguien.

Si todo fuera un instante, una imagen, pararse frente
a un río y ver la eternidad del agua contenida
quizá, sería otro.

Si todas las cosas que tengo que ver serán con otros ojos
20 les diré a la luz y al día el nombre que tiene mi muerte.

III

Mucho llegará a salvarse por el amor
por la vida del canto que los enumera.
El viento ha llenado la atmósfera y mi cuerpo
se oscurece.

En la sustancia del aire quedará mi nombre, inútil,
ajustado
5   cuando muera.
¡Lo indiferente de cada día!
Ninguno sabrá si alguien se fue o vino,
el canto será inocente y nadie retendrá el adiós.

Ya no respiro más el color ni la forma
10 de los días, su grama. La tierra ya no será la misma,
el laurel estará en otra belleza, y el silencio,
de agua.

¿Qué será del aire de Mayo, de la figura dorada,
de los labios rosados,
15 de la existencia de tu cuerpo abierto a la espera?

No sé nada de ti, y el día cae también
como lo más breve que tiene la soledad.
¡Lo más liviano de la eternidad!
Tanto vale un día de otoño, como un jazmín, o un
cuerpo
20 sin límite volcado a la orilla de un río.

Hay veces en que no puedo nombrar en el tiempo
que cae dulce o infinito como el polvo.

Tantas veces grito y nadie me escucha.
Canto sin que nadie sepa y mi canto juega ante
la desdicha.

¿Quién para adentro te llamará o te nombrará de
alguna manera?

Sin mí estará igual el poema,
viendo pasar el tiempo, la arena, el río.

UN DÍA, EL ALBA

Sigo pensando en el fulgor del aire,
    en el alba y el cuerpo.
    Soy el que se detiene, el que observa las plantas y todos
          los colores
    que trae el verano. ¡Todo dentro de un día!
    Todo se levanta sobre la pampa y yo seguiré respirando
    el aire,
    la realidad de tu nombre.
    ¿En qué abandono se estará moviendo tu cuerpo
          tendido junto a mi piel?

    Cada vez que miro lo que amo, la severidad que se va,
    siento que algo se aleja, largo.
    Yo te sueño lejana, a veces endurecida e interminable
    sin más sombra.

    A veces mi rostro está alegre y miro la corteza
    de los árboles, lo que quedó de nosotros.
    Sé que el tiempo me escucha y no me responde,
          también mi Padre, y algo
    se detiene en esta tarde seca y dura.

    Mi corazón sigue apretado. No sé si estoy solo, al menos
    su rostro se observa y nunca cierra los ojos donde vi
    florecer las magnolias.
    El tiempo reclama todo lo que ha dado los poemas, los
          labios, las manos desiertas
    y los días donde la desdicha fue abundante.

    Con la tarde viene la gracia tendida sobre otro cuerpo
    que necesita compartir ese labio rosado.

Lo hermoso me parece inalcanzable,
ríos donde descansa la memoria,
o un amigo que hace tiempo no se ve.

Le he cantado, cuando nadie me miraba, quizás estuvo
    solo
mucho tiempo recostado sobre una pared, pensando
en lo que fue su muerte, el odio y la alegría combinados.
Tanto. ¿Quién vendrá a saludarme, aquí, de nuevo
cuando alguien no cante más la naturaleza de sus
        cabellos?
¿Sobre qué día, en qué sur, en qué colina?

Vivo entre lo que me seduce y reclama; desearía verte
inmenso, nunca recostado sobre la soledad.

Cuántas veces te he recordado viendo mis libros, mi
    saco,
las mismas manos de siempre, la memoria inacabable.

(Mi padre vendrá y yo estaré en su lugar, recordándolo
    en las plantas el aire
compartiendo todo lo que fue común, esas flores, esas
    gaviotas del mar, suaves como un deseo.)

Nadie te cantará después que yo, ni esa voz fría
de la madrugada, ni el aprieto.
¡Nadie!

SOBRE EL AMOR, EL AIRE Y OTRAS ODAS

All things are subject but eternal love,

Shelley
Prometheus Unbound, V. 120

ODA DEL AMOR MÁS INTENSO Y LEJANO

A veces pienso que una parte de mí habrá de quedar,
al menos, mi nombre o mi fecha
o una flor puesta por mí o por un amigo.

No quiero decirlo con la muerte, ni con el mismo
      olvido que llevo siempre
5   sino con la palabra con que nombro las cosas.
Me veo con un afán interminable, días que pasan y
      se renuevan,
con el color de la piedra en el verano,
como el cuerpo que se roza.
Llevo dentro de mí todo lo que me pertenece, me llevo
      a mí mismo.
10   Sobre el cuerpo solitario se extiende mi sombra,
olvidada sobre la tierra.
Quédate donde yo estuve una vez solo, inmensurable
      a ver
cómo llega el océano, cómo se moja la piel
y cómo los pájaros se pierden en otro espacio. Esto es
      el amor.
15   Todo un día tu cuerpo estuvo dentro y fuera de mí.

Te espero dentro de todo un día y la soledad
      continuada para
conocer anhelo inocente de tu cuerpo,
tus cabellos, todo lo que se roza, el viento,
lo que a veces me hiere. ¡Esto es la vida!
20   A veces el sentido de la vida entra por lo que más no
      se quiere
o por un río crecido, o la acidez de una hoja.

Te quisiera nombrar siempre cuando estoy alejado,
cuando se me aplaca la voz.
No lo quiero decir con la palabra, sino cuando abro
25   los ojos a la vida luminosa
del agua.

Yo te he visto perder entre lo más insaciable, ajena
       al olvido,
a la extensión del cáliz y de los años.
El amor quizá fue buscarte por donde no estabas
30   con los brazos, los ojos, la sangre dura.

Todas las cosas que imagino de ti son el recuerdo de
       un día y amo
las plantas, el aire y ese color de tu nombre siempre
       abierto sobre el pasto.
No sé qué será de mí. Las plantas, el aire, el amor, las
       nubes.

ODA AL MES DE MAYO

No sé si todo lo que nombro, algún día llegará a mí.
Sobre mí descansan las salidas del alba,
el tiempo y los acantilados.
Allá, entre dos orillas de silencio, mi nombre
5 seguirá aguardando lo claro de tu cuerpo.
Todo mantiene el tiempo, hasta lo no conocido
entre los hombres,
hasta el viento que pasa rozando mi piel y mis cabellos.
Todo se recrea en él. ¡Oh!, tiempo hermoso, espacio
de mí mismo.
10 ¡Ah! si pudiera guardar todas las imágenes que salen y
se recuestan sobre mí
como esa eternidad absoluta que tiene una mañana.
¡Cómo quisiera que la luz que llega todos los días
siga saliendo! ¡Quédate aquí
donde una vez he dormido entre tu perfil y tus manos!

15 A veces me ocurre que quiero estar alejado, inmóvil
perdido entre la memoria de quien amé. Quizá el venir
a esta vida sea para recordar alguien (que se va a
morir).

La sombra es apenas el límite del sueño
20 del ayer, y mi voz debida, abierta en otros días.
El aire es abrasado y terminante
palabra que dice que el amor es simple.

Quisiera compartir esa flor que llevo y no sé de
su color más claro.

25   Bajo tu cuerpo pleno de sombra, el tiempo está sereno
y la alegría es interior. Miro callado y pienso
en la pampa, en lo que una vez fue mío y ordeno
mis cerrados cabellos para saber que un día
la soledad estuvo pegada a mi cuerpo.
30   ¡Tanto te he amado!

La eternidad a veces es sólo el color del trigo
o lo que una vez tuve entre mis manos, transitorio.
¡Tanto saben de mí el aire y el fuego!

La alegría es breve y siempre vuelvo al canto,
35   a las fuentes, a saber lo que una vez la tarde
tuvo de nosotros. Y todo sigue suspenso y
quieto y no sé más de mi Padre, de sus
ojos, flor abierta y liviana,
nosotros mismos.

40   ¡Oh, Dios, lleva esta flor donde ha crecido!

SOBRE EL AMOR Y EL AIRE

Quisiera todo lo mejor del aire, que el tiempo nombre
      algo de mí
y lo que tiene el cuerpo y se muere. A veces pienso en
      la alegría sola
será como un mirto.
El aire viene de otra tierra y una vez
me secó toda la piel de la cara.

Cuando ya no haya ninguno que piense en mí, en ti,
ni el viento, ni la luna, ni la pampa
he de volver a tus senos, a tus manos como antes
con el rostro mojado y que nunca entienda más
del odio. ¿Quién te cantará?
El final no es morir, es dejar de amar todas las cosas
      amadas,
no ver más los días, la fragua, el azahar.

Sé de mi corazón como un almendro cuando nadie lo
      llama,
cuando el sur golpea sobre mi lengua. No estoy solo,
      sino atado a lo que me espera
o me nombra desde otra agua sin escucharlo.
Entre la tierra y el cielo se encuentra el aire solo y lejos;
alguna vez me he recostado sobre no sé qué cuerpo
y sigo contando lo que no tengo y ansío.
Me detengo ante mí: los ojos, el alma
a descansar a orillas de algún río para saber
lo que fue su recuerdo.

Cómo quisiera que un día sepas que lo que canto
una vez me hizo feliz y la tristeza estuvo por otra boca.
Amor de ayer, hoy ausente.

PEQUEÑO POEMA

Sólo me habla Dios de aquellos deseos
y no sé nada de mí ni de nadie. Solo
el tiempo llega, a veces la tristeza es
lo mismo que el odio o el recuerdo.
5   Por eso te quiero, porque te siento de piedra;
a veces pienso que estoy solo
y me siento a ver la vida ligera y alta.

Quisiera llevar hacia mí el curso del río sobre el agua,
ver un jazmín, el aire, lo que no quiere nadie.
10   A veces en mí nace el desprecio por alguien en su
palabra desprendida. Jamás pude desunir el recuerdo
y no puedo apartarme del canto ni de tus cabellos.
¡La flor que nombro no me llama en su memoria!
Tu aliento estuvo un día lleno de sueño.

15   ¿Qué será de la voz, de lo que una vez estuve esperando
con dicha, de tu largo vivir, de tanta luz llena
y quién vendrá hacia tu corazón saciado y lejano?
Me gustaría verte por otro lado, y saber de tu vida
tus pájaros, tu palabra, tu nombre.

Otoño del '67.
Albuquerque.

XI

Entre los árboles estuvo el Sur y todo lo que vendrá
en la ternura que tiene el retiro.
Estarás por lo que no canto todavía, en la alegría del
vivir mezclado,
y en los pájaros que cruzan el cielo de mi país.
Ellos no saben del sueño, ni del color del abandono.
No, no sé del tiempo, o si la luz se gana o se muere;
quizá todo regrese de otra manera, por otro recuerdo
y el día estará en otras manos.
Un día estuve solo, perdido en lo que nadie más llama.
Pienso que alguna vez ya no te acordarás de mí, de lo
que vimos juntos, ni de la soledad más entera ni del
viento.
Sujeto y regresado. No importa.

¿Qué flor se abrirá después de la muerte, qué labio?
Tu cuerpo se parece a veces a un río árido
donde nadie se ha parado a mirarlo. Porque tu voz
asomada
es lo corto y lo absoluto.

Qué olvido tan lejano y solo tiene el Sur y cómo se
pierde todo cada día.
La vida pareciera la sombra de otro río.
No quisiera olvidarme nunca de ti ni del abandono, de
la alegría,
de lo que vivo junto al mar. Yo he regresado siempre
a la memoria desordenada de tus cabellos.
Quizá lo que canto
no signifique nada para nadie, pero un día
tus manos estuvieron en lo largo de mi cuerpo
destinadas a la brevedad del día.

La piel quedará junto a un río sin nombre,
y la voz me sale espléndida.
Amo tus días, tus cosas, tu aliento breve
como una magnolia y tu cuerpo delgado.

30   Una vez pensé que mi Padre ya no sabe nada
de la alegría, de lo que significa el aliento, una
flor, un amigo. Él estará por un lado que no conozco,
afligido, dejando su voz y su deseo quién sabe a quién.

POEMA

Dime lo que es verde y dime algo del alba
de este espacio hermoso, de todas las aguas que brotan.
Quisiera hacer de tu cuerpo lo que hago del canto y
del poema.
Lo seco de la piedra lo hago mío igual que la luz
y todas las orillas de tu cuerpo.
Sobre tu cuerpo existe una antigua frescura
acogida a la luz
a todo lo verde que se afila al encuentro.
Cada minuto puede ser la eternidad misma de las cosas.
Tú y yo juntos seremos invisibles a todo lo que nos mira,
a la vuelta, a todo lo que traigo dentro de la piel
más allá de todo el sur alejado y parecido.

Sobre una parte de tus manos descansa el otoño.
Tantos días que pasan y no me dicen nada.
¡Este tiempo ligero y sin nadie! ¡Esta vida!

Mis horas a veces miran hacia el Sur. La flor nace
y luego es de otro. Los árboles, el río, lo desentendido
de la noche me anuncian una nueva nostalgia a mi
alrededor.

Todo lo que llevo y cuánto es por lo que busco
y es en vano dejar tantos días a otro. Nunca. Nadie.

ODA DEL AIRE
Y DEL RECUERDO

A veces pienso que el tiempo será otro recuerdo,
la misma imagen de lo que se devuelve
a todas las horas altas y recogidas.
Pero tú siempre regresas al cielo más desnudo con
     mi Padre
5   y quizás el cantarte no signifique nada
y te siento arder sobre la soledad más inolvidable.

A veces no quisiera saber ni por dónde llega el perfume
o dónde se pierden el río o la vida de una palabra.
De nadie ni de nada.
10   Siempre se llega de una manera, quizá en la
memoria más perdida de un ser.
El amor ofrece su nombre y me doy libre.
No sé si la desolación es parte de lo que quise recordar,
     pero
la desnudez entregada de tu perfil
15   es el amor, el deseo de tenerte.
Esencial deseo del aire, tu nombre, tus límites que
     a veces
me nombran sin que yo lo sepa.
El tiempo tiene un nombre guardado entre sus venas.
Mi soledad de siempre es una planta, un pájaro
20   y ese constante acostumbrarme a ti.
Te abrazo en mis manos. Escucho todo lo que viene, la
     indiferencia, la figura diversa
el aire que roza mis cabellos y ese deseo que no quiero
     que muera.

Cuando llame el aire, el tiempo, los días.

ODA

Terrible es saber que cuando hablo nadie me escucha,
que nadie sabe de mí ni de mi sombra.
Terrible es cuando pienso que un día he de morir,
solo, gastado como una piedra.
5   Cuando nadie sepa de mí, ni de mi sombra reflejada
        en el pasto,
ni de mi voz, ni de mi cuerpo, ni de mis sueltos cabellos.
Cuando el tiempo pase como pasa siempre, aburrido
        de ser el mismo
habré de cantar, acordándome de la voluntad
de tu cuerpo, de tus párpados.

10   No sé qué es lo que se gana o se pierde con el amor.
Siempre arrastro la soledad más parecida
y a veces no sé qué es el recuerdo
ni lo útil o inútil de una palabra.
No quiero ser otro, sólo por acordarme de él,
15   de ese gran deseo, el recuerdo.

     ¡Ah!, si pudieras vivir de nuevo, el día, el aire,
     lo callado de un libro y la pampa.

     Y verte sobre el tiempo grácil y alto
     sobre este mundo llano, el pasto, el vivir.
20   Te llamo para celebrarte entre lo más reposado del
         polvo
     en los rostros que ya no puedo ver
     y quizá el mármol valga lo mismo que
     el haberse quedado quieto un día.

Un día estuve en ti, ofrecido, un lugar cansado
25   que ya nadie visita. Sólo tus manos se parecen
un poco a lo que siempre llevo y deseo. Tu forma es
        única,
siempre pienso que el cielo es transparente como
la muerte de un amigo.
El día de hoy, la distancia de mañana, lo vacío,
30   el tiempo inútil y presente.
Todo tu ser muerto vive de una única manera
quizá en lo que no alcanzo:
después de la muerte se ama con la memoria.

Sé que tu vida está en otro lado, en lo que quisimos
        juntos. Tus cabellos, ¡el otoño!
35   El amor es lo que pasó en nuestros labios,
una alegría más de ser lo que quiso.

El tiempo será una parte de él sin que lo sepa.

DEL CUERPO Y DEL AMOR

I

El que ponga la mano sobre el cuerpo y sienta que la
    carne
no es amor, no sabrá lo que vale el adiós.
Todo lo que callo lo dirá alguien de otra manera.
Si no fuera tu extensión, el recuerdo de algún arrecife
o lo que llega y no puedo pronunciarlo
no sé de qué manera podría quererte.
Quizá en la simple acción de besar está todo
o en el simple lugar donde uno estuvo.

El recuerdo es tan grácil como el amor y
el aire pasa alto como he querido antes.
Creo en todo lo que llega a mí, en la vida misma de
lo que tienes, "el querer" en otro río,
las uvas, el clavel. Siento todo
el tiempo lejano, el cálido perfil,
lo que muere, y todavía escribo tu nombre
y la vida pasa de repente, fuera de mí, y de ti, quizá
por encima de un río donde tú también vives y callas.
Qué palabra tan dura es pronunciar tu nombre, a veces,
cuando tan lejos me siento de tu polvo.
Bien sé que el tiempo no lleva nada de mí
ni de mi nombre solo y desentendido. Nunca.

II

Yo siempre canto el mundo de tu piel, la fe perdida,
lo pequeño del tiempo y del verano.
Tú siempre pasas, y los ojos nocturnos
25   quedan como divididos en una noche de espera.

Soy una parte del día,
de los pájaros, de la tierra que llega, de ti.
Tú eres breve y venidero. Tu cuerpo
se desliza entre mis manos, lo rozo y
30   no sé qué decir con mis manos vacías, altas
de aire, lentamente recorro en mí el suave abandono,
ese sumergirme en tu cuerpo
cuando te encuentro más que a mis propias horas,
más perpetua que el color de un río.

35   Así, cuando el tiempo ya no se acuerde de mí, ni
              perdone a nadie,
estaré por la corteza de los árboles
encontrando el amor de cada hoja del Sur.

Todo lo total y breve que es la vida y el sueño
pertenecen a lo que recorro, a tu cuerpo y el amor
40   es sólo un fuego rojo contigo y descubierto.

ELEGÍAS

ELEGÍA

Quién sabe por dónde andará, tal vez montando un
    caballo sobre
la pampa, o mojándose en el río de un Verano.
¡El nunca saber donde está!
Después de la muerte la memoria por ti fue enaltecida,
de tanto amor sereno. El viento
inocente
nos habla de las mismas imágenes.

¿Qué podrá el recuerdo escoger de la palabra,
del agua, de lo que brota y muere, del canto
y del mismo fuego que mira hacia dentro?

Respiro el profundo abandono de las cosas,
el gris de la piedra sola a la que nadie mira
y sólo canto para tu soledad alejada.

A veces cierro los ojos en lo más cercano del día.
    ¡Ah! si pudiera verte, y sólo
una parte de ti es lo que se refleja.

Esto es mi vida, una parte del ser cuando te recuerdo y
    pienso
por dónde andarán tu cuerpo,
tu soplo, la flor de tu día.
Esa es la eternidad, el tiempo que viene y se va, tu
    nombre. Un pájaro que cruza, y un alba
recostada sobre tu piel. Mis manos no llegarán a ser lo
    que fue ayer.

Huyo de este día para tocar todo lo que se reclina
     sobre mí,
para darte un arco y el laurel.
No sé si este poema será un día o de alguien
pero la belleza es tan alta como la muerte.

25   Por eso, no huiré jamás, siempre alcanzando otros días
buscando tu perfil, suave como el aire.

A veces el sueño se parece a lo estéril del tiempo.
Quiero que tu cuerpo sea una parte de lo que ha sido,
con la gracia de siempre, a través de este poema
     que pasa,
30   y que mis manos jamás te vean perdido, áspero,
     imposible.

Solamente el tiempo entrará hasta la más desnuda
     diadema
para que mi Padre, como el aire, alto en su ceniza
llegue hasta mi corazón salvaje.

Y habrás de llegar en tu forma nueva.

ELEGÍA

Cada vez que llega el otoño en el Sur miro cómo arde
    la vida
entre toda la adversidad, y cómo el orgullo se vuelve
    descubierto.
El viento es hermoso y espacioso
y se parece al olvido.
5   No, no te vayas de mí, cada momento volveré a quererte.
Las cosas en su más ardiente nada, en el descanso
de un encogido aire, y en la desdicha de un narciso.
No sé si lo único que guarda el tiempo para los hombres
será la muerte, el recuerdo o la nostalgia
10   callada que tenemos, o la memoria por la que se
    desciende.

Todo se va, mis manos, mi rostro. Quisiera estar
en tu vida diaria, en tu esfera, en tu río
y no saber ya nada de nadie.
Se me seca la voz cuando canto.
15   Sólo el desvarío con la forma crecida se está moviendo.

¿Quien aceptará mi voz dónde andarás perdido?
Quizá el único amparo sea salir a ver el aire,
moverme dentro de ti, consumido. El canto quizá sea
    una parte de la memoria. Estaré callado
aburrido el arreglo de siempre. La soledad, a veces,
    se asemeja al deseo.

20   Ya no me queda más que esperar el tiempo cercano, el
    camino donde tu cáliz se abre. Alguna vez tu
    alma fue

la boca llameante, y quise estar debajo de
tu nacimiento, luego, siempre, hoy, mañana.

Toda el alma detrás de la memoria conoce la
replegada nostalgia que llevan mis manos.

25   ¡Cada alma! Tierra del perfil donde se miran
como a una rama vencida del verano.
Tu cuerpo recogido del día.
No sé si el tiempo es una imagen o un indiferente vacío
pero una vez te he amado en el reposo de las aguas
30   el olvido parecía haberse salido del límite de siempre.

Una vez estuve en tu cuerpo con mis manos mojadas.
Ya nadie se acordará de mí.
Solo.
No importa.

XII

Tu voz se desprende callada, lenta, sin descanso;
y ningún pájaro ronda en el vigor más solitario.
La sombra y el aliento también llegan
como otro día. Dentro de mi cuerpo comienza a brillar
esa nostalgia de entonces.

Todo el símbolo de la eternidad lo tiene el tiempo
bajo las húmedas llanuras de la pampa
en la desdicha y sin descanso.

El amor es una parte y una imagen del otoño,
de la vida que he amado fugitiva.
No sé dónde estoy sin descanso aturdido y solo.
Quizá me acuerde de mi Padre y no lo diga.

Jamás dejaré mi vida a la tierra, al amor,
al campo que se extiende ante mi cuerpo solo y sujeto
cubierto de lo que no se puede tocar, desnudo,
uniforme como el color de la piel.

Ningún lugar más hermoso para habitar tu cuerpo
que la noche apretada a los cabellos.
A veces el estar triste quizá se deba al recuerdo.

Y el tiempo llega como una lanza adornada de muerte
de enaltecidos pájaros.
Me paro a contemplar alegre como un recostado clavel
        y siento que el amor
es una parte apretada del cuerpo.

Después de ti llega la noche perdurable. ¡Ah! si pudiera
saber de ti, callado, que te vas oscureciendo poco
a poco
como la fuente y el reposo.

Siento el fin de algo que no sé nombrar;
sobre la tierra apartada con un cuerpo delgado
veo el apretado color del agua.

¿Quién escuchará mi voz y cuándo vendrá el viento
a rozar mis cabellos con tus manos breves y ligeras?
¿Quién tocará mi piel, qué tierra sabrá algo de mí
y a qué planta le hurtarán una flor?

Todo el amado en su amada. Y todo el tiempo inmerso
en lo más vano.

Tiempo. Nada. Flor. Río. Agua.

LAS AGUAS, EL AMOR,
EL DÍA

La memoria pasará cierta e infinita, quizá insaciable
cuando ya nadie vuelva ni siquiera me llame.
Mis cabellos igual que un grito concluido y atado
son insaciables al aire, a esa materia
5 intocable y suave que da vida y respira mi nombre
sin saberlo. Los límites de tu cuerpo y de tus párpados
suaves como un oscuro y resplandeciente meandro
    alumbrados vuelven deshechos, a la eternidad
    inútil de siempre.
¡La poesía es tan breve como la vida!
Todo crece en la memoria de alguien y ya vendrán las
    aguas con el amor
10 y la sombra enaltecida de un río.
A veces una pequeña palabra cubierta, hace que la voz
    unida
llegue hasta los altos muros
donde crece el frío y se perfila tu cuerpo
que amo, impenetrable a la durísima soledad de la
    sangre.

15 Me acuerdo de tu cáliz, de tus manos que gobiernan
    el sueño
y el trigo igual que mi voz.
¿Por dónde andarán mi cuerpo, tu boca?
¿Quién responderá cuando te llame apretado al olvido?

Todo como un poema es silencio, pero el reposo de tu
    cuerpo sobre el mío
20 es tan claro como un espacio abierto entre mis manos
    cuando quiero tenerlo.

El amor, sustancia de la abierta soledad también se
    perfila por lo apretado del Sur
en el día más ceñido al polvo.
Sobre el fin de este otoño te he llamado para descubrir
    la palabra,
el alba, la delicada piedad del cuerpo
y el olvido que entretengo delante de ti.

Apenas tu rostro me llama y se acuerda de mí. Y es todo,
mientras los cipreses del sur se mueven lentamente,
    y saben lo que es la desdicha.

Ya alguien recogerá mis cabellos, mi voz en tanta agua
pero pienso que tú te acordarás de mí, de ese año
que no tiene nombre, sentada, huyendo de la gente.

Y ya vendrán las aguas, el amor, el día.

SONETOS

SONETO

Nada deseo más que un día liviano
y canto lo que nunca llega a nada
la eternidad de un río abandonada
nunca cabe en la palma de la mano.

5   Nunca te vi tan quieto y alejado.
Fuiste el aire, ya tarde, la fe altiva.
¡Cuánto se habrá de ir! Palabra viva
de un día sin engaño y apretado.

Tanto sabía de ti al descubierto.
10   Todo lo que fue dulce y ascendido.
Será del tiempo solo, indiferente.

¡Todo lo que fue un día! Tanto, cierto.
Aire, jazmín de la memoria huido
y extrañaré tu rostro, triste, ausente.

SONETO

Tanto he cantado ayer que ya no es nada
y estás siempre distante de la gente
otro viento, quizás indiferente
cante tu cara suelta y apretada.

5   ¿Qué cielo solitario te persigue
entre tanto clavel desatendido?
Toma mi mano y mírame encogido.
Todo un día de viento el que te sigue.

Quizá aparte mi voz de la memoria
10   y llegues separado de la mano.
Tan extraño y de paso por la historia.

Solo miro alejado estas arenas.
Cuántas veces anduve de tu mano
acaso otro dirá tu nombre apenas.

SONETO

No sé ya de lo inútil y ligero
que es la vida o el tiempo sobre un río.
Quizá tu ser hoy beba del hastío
o mantenga la vida en un lucero.

5   Nunca fui nada inútil en tu nombre,
en tu cuerpo callado y tan liviano.
Amor, principio y límite del hombre.
¡Origen de tu piel! Sólo tu mano.

Saben del sueño, el río y el recuerdo.
10   Me estrecho con tu cuerpo tan callado
en la forma que hoy tiene la sombra.

Si eternidad es todo cuanto pierdo
el tiempo es siempre lo que no te nombra.
Quizá al morir extrañe el rostro amado.

A: M.C.A.

SONETO

Por vos nací, por vos tengo la vida.
Garcilaso
Egloga 1, V. 85

Sombra soy de mi Padre quien ha sido
un hombre que conservo en mi memoria.
Breve es la eternidad, breve es la gloria
cuánto más grande aún es el olvido.

5   Eres ese final de aquel latido
y sombra de un ayer, tierra lejana
retornará el recuerdo a mi ventana
a tu cuerpo deshecho y despedido.

    Yo sé que estás debajo de la tierra
10   sin el sueño quizá, sin el recuerdo.
La muerte aquí parada no se cierra.

    Voy hacer de tu cuerpo lo que un día
hizo el ayer, quizá lo que yo pierdo
retorne en otro ser, en mediodía.

junio 22 de 1967.

SONETO

Alta y sin gozo de otro día, nube
de otro ser, otra luz que ya no deja
quizá es el tiempo aún lo que se aleja
lo soberbio de Dios que ya no sube.

5   ¿Quién llenará tus manos y el aliento?
Hoy me asombro de ver a tu costado
que ya tu corazón con ese viento
es así, entre los pájaros, callado.

¿En dónde están tu voz y tus cabellos
10   la sombra mantenida y el amado
perfil entre tus manos que recuerdo?

No sé cómo encontrarte en mi pasado
pero siempre te nombro en lo que pierdo.
Fue tiempo, fue el olvido y fue uno de ellos.

SONETO

El día de otro día andaba lleno
de más tiempo que ayer, de más latido.
Inútil la obediencia si el olvido
guarda su historia entre su día pleno.

5 Hasta el polvo es inútil y ligero
el morir, el descanso y el hastío,
el devenir, los días, el vacío
y todo de otro espacio, prisionero.

Tráeme tu memoria alta y ardida
10 a tu voz tan inmensa y olvidada.
Y sola para sí, tan repetida.

Ya por siempre la vida y el consuelo
son altos como un aire, son ya nada.
Has de morir muy seca en otro cielo.

SONETO

¿Y será el mismo mundo el de mañana
cuando ya deje el sol el mediodía?
¿Por dónde estará el aire, dónde el día?
¿Y la luz que llegaba a mi ventana?

5   Qué triste es el recuerdo cuando emana
tanto olvido (tan poca la luz mía).
Qué inútil es el canto todavía,
la vida es breve y es la vida vana.

Pero toda tu piel como mi anhelo
10   intangible a la sombra y a la nada
esperará como mirando el cielo,

esa parte de Dios. Noche cerrada.
Y llegará con el recuerdo unido
tal vez ya no sea yo, y sea el olvido.

SONETO

Ya no sé lo que espero o lo que gano
o lo que empuja el agua en su pasado.
Nunca te vi tan quieto y alejado.
Un día sin engaño y tan lejano.

¿Quién soñará tu antigua vestidura
lo que fui ayer, tu gente todavía
cubierta en tus cabellos, tu otro día?
La temporada de una vida, dura.

Todo lo que no toco con la mano
me hace pensar en algo tan lejano
en algo que no veo pero evoco,

con algo de perdido y de intangible
de plegaria, pasión imperceptible
como el aire que siento y no lo toco.

SONETO DE AMOR

Muy callada es el agua que se espera
cuando se entrega al alto cuerpo amado
algún día final, algún pasado
que levanto en mis ojos y que fuera

5   la parte de tu nombre detenida.
Te siento mía como el roce, el agua,
como un olvido largo, desprendida
en la sombra y el fuego de mi fragua.

Ceniza. Tiempo. ¿Quién tendrá tu sombra?
10   ¿quién tus labios, tu pubis y tus días?
Tan breve y tan intacto es el olvido.

Paciencia por la noche. ¿Quién te nombra
en el eco final donde cabías?
Y regreso a tu cuerpo amanecido.

A María Luisa Millán
en su único día

SONETO

Porque algún día yo seré todas
las cosas que amo:

Luis Cernuda
De: "El mirlo, la gaviota" V. 38

Quiero evocar tu nombre, alto y vacío
de espuma, trigo solo, recostado.
Tal vez en la región de tu costado
seas apenas el labio alto y tardío.

5   Te elevas en el cielo muy lejano
(yo cantaré ese cielo, alto, cedido
de todo aquel espacio preferido)
y te encuentro en la palma de mi mano.

Dónde estará el origen de tu día
10   en la voz descubierta, en la memoria
de lo que fue, lo que es, lo que cabía

en tu nombre. Te quiero en un deseo.
Y en el tiempo, tan vana fue la gloria.
Tu presencia, tu voz, lo que más veo.

Recuerdo a M. M.

POEMA ENTRE EL ALBA

¿Quién habrá visto tu sonrisa recortada sobre
lo más pesado del odio? Alguna vez el polvo ha cubierto
tu corona y el día distraído y deshecho
crece en ti, quizá en lo que yo una vez
5   deseaba; se me seca la garganta de esperar
aunque nunca más dejaré tu piel.

Nunca me canso de ver y vuelvo a la mañana, tú eres el
           mismo impenetrante y desatendido
a la vida inútil. ¡El Sur alejado!
Todo es para ti, la acostumbrada primavera,
10   las plantas, la duración que el hombre espera detrás de
           su límite, las lluvias.
Quizá nadie haya conocido tu piel más desnuda que yo
en la misma alegría de verte.
El fuego es lo único que cambia la ausencia.

Tu rostro, una hora ufana,
15   yo no sé por dónde me distrae la vida.
¿Quién sino yo, quisiera debajo de tu aire
           increíblemente
sucedido, vivir tu nombre, tu día?
Ya no canto más la desnudez, tu antigua vestidura
o bien, el vacío, la nostalgia, lo que se te sucede
20   sin cansancio. Tiempo. Amor.

Quién nunca vivió lo apretado del desaliento
ni conoce del color de la piel o del cielo trayendo
la desprendida memoria, no sabe lo que es el amor;
           quien nadie

puso su odio sobre el cáliz de una mujer
25 el latido, el corazón, no sabe de la muerte.

La muerte tiene el color de los arenales. Acaso
estuve solo sin amigos como el polvo de tanto tiempo
ya no mira a nadie, a mí tampoco. ¡El cielo de
        muchos días!
A veces quiero que me dejen solo,
30 boca inútil para acordarme de él.
Tanto cielo separado. Sólo quisiera sentir
el viento como un ser que nace.

Cuando hablo pienso que alguien es movido por la
        nostalgia
en estos días donde el tiempo es seco y vacío.

I

Nunca pienses que estoy alejado, siempre
regreso a tu más callada palabra.
No quiero pensar que mi boca se seca con la humedad
    del día
que los pájaros están en nosotros para
salvarse del odio.
No quiero pensar que yo también seré tiempo perdido
del aire, de la nostalgia deshecha y pasada.

No me miréis más porque mi garganta está
dura y seca de cantar en el espacio más vacío.
El que nunca me oyó cantar ni sabe lo estrecha que es
    la partida
no olvidará el escoger liviano sobre la tierra.
¿Quién piensa que el recuerdo no es húmedo como una
    palma? El olvido se parece un poco al desasimiento
y rodea al día, a la palabra más terminada. Mi cuerpo
perdido y alto como una corona.

La flor es una parte de la herencia, de la fecha y yo
    quizá esté distante de lo que quiero cantar
con esta voz debida que brota de la desdicha.

¡La vida tan breve e inútil!

II

A la nada, al morir, al goce leve, a la mudanza
entrego todo como un almendro.
El aire alguna vez, terrestre.
He recorrido el cielo, tu rostro permanente.
¿Quién soñará conmigo cuando cierre las manos
    apretando el tiempo y ya no veas más
los árboles, la ventana abierta y el desamparo?

¡No tiren más! ¿Quién recordará como un libro la
    dicha abierta del vivir, ahora que la soledad es
    ardiente y cerrada?

Si yo supiera que existe el recuerdo, tal vez me
    alegraría de saber que mi Padre
no puede volver a mirar, cuando ya nada crece y sólo
    el viento
se levanta y se tiende al lugar más despegado.
Desciende hasta la ardedura más apretada como la
    noche ardiente
a este ramo, este lazo. ¡Alta soledad del día!

Cuando nadie me recuerde como a una égloga olvidada
ya estará el aire sin mí, atado, de alguna hora.

Tanta vida acordada y sin memoria.

ODA

La vida es breve y quizá ya no pueda estrechar más tu
    mano.
Miro mi sombra cada vez más corta
sobre el límite y todo me advierte
que alguien estuvo antes que yo, aquí cantando,
    reluciente y sin memoria.

5   Veo cómo crece el día olvidado y solo saliendo de mí
y me siento inmóvil en el mismo lugar de siempre
en esta tierra donde cantan los pájaros
y las nubes pasan. El desasimiento.
La antigüedad de mis cabellos arde como las llamas
10   cuando el viento llega al ansioso espacio.
No sé si mi imagen crece o se refleja,
el tiempo tal vez estará callado, distraído de mí.
Veo lo breve y corta que es la eternidad: la vida misma,
    el desasosiego, lo que pasa y nunca se une
el dulce y abierto labio.

15   El tiempo cercano a mí, me habla algo
de la brevedad de tus manos, el amor
y cada vez me siento más ajustado a mí mismo.
Todo regresará de algún modo a lo que una vez se ha
    olvidado
sólo el alma es digna
20   de que una flor y el aire le sean ofrecidos.
Si todo lo amado está desprendido de mí,
si toda la liviandad de tu cuerpo desierto como una
    lanza
fuera el color del fuego, si toda esta breve eternidad
    que vivo me hace desentendido, e impaciente

sólo quiero que un día esté sobre mí y no me anime
25   a olvidarte,
tu mano ofrecida al sueño.

No sé que es la muerte, si estar extraño y sin abrigo,
       si no cantar un día
en todo lo que sobrevive a la pampa,
en el intenso límite que tiene el fuego
30   o es no acordarse más de ese perfil, tal vez aparecido.

Tu mano roza la piel interminable al seno del adiós
y alguna vez el tiempo fue hermoso.

No, no tires más, días, nubes. Una vez tu cuerpo
fue claro y alegre.

PEQUEÑA ODA

PEQUEÑA ODA

Si pudiera saber a veces que el tiempo es abierto como la
      pampa, estaría ajustado buscando tu lugar,
tu breve luz, la memoria que cae lenta.
Un pájaro canta sobre la rama innombrable,
y no sé qué pensar de todo lo que guarda el abandono.
5   He llegado sin decir nada de la arena más disuelta, ni
      las uvas; mi aliento
mañana será de otro. ¡Varios días! He pensado
esperando la luz, en tu misma forma
donde el viento húmedo volverá de otra manera
      cuando amanezca!
Crezco en otra vida y te veo
10   y tu palabra surge
– vestidura antigua –
entre el sudor más frío.
Solo.
La palabra también se endurece y aprieta la piel,
15   huye liviana, suave, creciendo dentro de ti
inesperada. Un día la sangre me llenó las venas, acaso
      en mí
pienso en la muerte de tu perfil
cerca de las desmesuradas llanuras, como un pájaro del
      verano armoniza el aire y el día.
Habrás de llegar de otro mundo inagotable
20   mientras mis manos vuelvan a la alegría.

Flor del Verano insaciable y cerrada.

ODA

No sé si será en vano que los ángeles agiten sus alas
      luminosas
en el fulgor desentendido de siempre,
y que la muerte se detenga para algunos.

¡Ah Dios! ¿qué será de esta noche que nos rodea
      árida y quieta
5   penetrante como un pájaro que llegara solo
en pleno otoño a los árboles,
cubierto de una luz aburrida?
Ah, tu perfil de un aire,
tu reposo, jazmín de ceniza y sombra.

10   A veces me pasa que no quisiera conocer a nadie,
      ni saber de mí
y no sé si dura el poema.
Cuando venga la luz brillante de la madrugada
aquellos tantos días no sé si los habré ganado.
El tiempo pasa, irreprochable y árido, en la
15   imagen que llega a través de una puerta.
      ¡No importa nada!

A veces todas las cosas que pasan me parecen nada
y el tiempo es uno solo,
único testimonio del olvido y del abandono.
20   Luminoso, también es el amor.
A veces
quizá el tiempo sea una morada antigua
una anémona.
¡Ah, si supiera que el amor es un poco de lo que se va!
25   El agua.
Alguna vez te he oído llamar.

111

Sobre el día vaga un pájaro, y todos esos años vividos
    con mi Padre
ya no están más por este espacio breve y transparente
que entra al cuerpo como una rama quebrada.
30   Lo breve y perdurable
de lo que una vez fue amado.

Será río o clavel o viento levantado, entre lo que fue
una mano, alta, dichosa.
Y habrás de venir igual en otro tiempo.
35   La vida se parece un poco a un árbol desasido
a las felices palabras, y miro todos mis días separados
muchas veces para ver cómo mis ojos se recuestan en
    tus manos altas, de luz. No, no me olvidaré de tu
    nombre y habré de nombrarte abierta al olvido.

El cielo se parece a la ausencia, quizás sobrellevada.
El día entra suave y Dios está siempre en el hombre
    como algo nuevo que se desprende de mí, sin
    consuelo.
40   Sangre. Soledad. Tiempo. Aire.

Alguien recordará mi muerte, mis labios húmedos y
    quien recogerá mis cabellos, viendo cómo llegan
    las aguas que eres tú misma, y tu rostro es como
    un Dios aparecido
que golpea siempre.

EL REGRESO DE LOS ARENALES

Cuando regreso de los arenales veo en el aire un
  abandono suave
y siento que nadie me llama.
Mi sombra se confunde con el tiempo alto, crecido
y cada vez me siento más encerrado en lo que creo.
Donde se queda el río que nadie nombra, ahí me verán
regresar de nuevo al cuerpo.
Todo lo que pasa se irá con el mismo abandono de las
  cosas.

A veces se acendra sobre el aire un
antiguo caminar sobre la tierra, pero el tiempo
no olvida ciertos perfiles.

Quisiera que no me contéis ya nada, días, sino
  mezclarme con el aire,
a veces no ser yo mismo, sino el canto.

Habrás de regresar en la memoria de los arenales
de lo que quiero cantar en otro espacio
callado. Tanto amor. Aire separado.

Devuelvo mi boca al vacío, a la nostalgia, al fuego.
Ustedes me habrán visto crecer en el aliento
de algún ser, y todo lo recuerdo igual que un amor,
  un río.

Quizá, debajo de estos árboles algunos me verán como
     un fruto
20   rojizo, entre el pasto, entre tanto aire movido.

Grito sin que nadie me escuche y no quiero
saber de la ternura devuelta al vacío.
Atravesar la soledad de unas ramas,
es como no dudar de nadie, y el viento
25   llega en su desabrigo inmenso.¡Haberte querido!

El aire, a veces, recuerda a una alta palabra,
y no quiero que llegues disuelta
y siempre regreso a ti. Sí. Siempre,
como un río llama y se levanta en este espacio vacío.

30   El cielo se puede ver. Acaso estuve solo, entre tantos días
con mi Padre y sentí el aire, la nostalgia
de todo lo que fue y volverá a ser de otra manera.
La memoria será interminable y seca, como unos pastos
y el amor seguirá moviéndose en algunas horas,
35   debajo de lo que pudo salir. ¡Vivir entre algún nombre!

Y quién volverá por ti, (VI, v.1)
Molinari
Una sombra antigua canta
"Siete canciones del sur"
"Canciones del sur"

U.N.M.

He llegado hasta aquí, liviano en mi juventud y todo lo
sentí lejano. El suelo de New Mexico es árido y el
viento me seca la piel. Aquí pasé varios años entre estas
queridas paredes, donde la poesía española y el saber
5 de unos pocos fueron materia en el principio y
recuerdo soberano. ¡La verdad, la palabra y la
enseñanza! Todo tuvo su trote. Te he querido y he
dejado mi voz ahogada de esplendor divino. Alguien
me estuvo esperando. La amistad está fuera de la vida.
10 Los libros son un grado de amor. Quizá mi corazón se
quede miserable ahora. Estoy sin sueño y cansado.
Hermoso en el caminar, las montañas y sus picos como
una cordillera transparente y estéril, reluciente. En
ella, alrededor de mi cabeza y en mis despiertos
15 miembros, sueño con el saber, como una conquista
para el alma. Quizá el saber sea inútil con el tiempo,
pero yo recojo y mantengo las palabras de los que me
han enseñado en la primavera. ¡Días, edad de la
juventud rigurosa, nubes del cielo y del oeste de la
20 nación!

Fuiste como un esplendor ahogado y divino, fuiste esa
llanura extendida y rojiza, el rancho de Taos, la
soledad terrible de vosotros, el roadrunner que vuelve
a mi rostro y está en mi rostro y en los lejanos confines.

25 Quien me esperó, quizá ya no sepa más del viento de la
tarde, de estas flores que recojo para otros que me han
enseñado sin más pretensión que dejar su voz en el
vacío, permanente y descendido.

Luz adorable de estas llanuras extendidas. Lunas y
juventud mías, resplandecientes, veo los recuerdos
sostenidos, la nada ardiente, la aurora, lo que el olvido
detiene y se lleva siempre. – Lux, Hominun, Vita –
Estas palabras estarán en otros horizontes. Ahora
duermen conmigo y para siempre. Soñadas y
melancólicas, dulces y perpetuas son como una dicha
escondida, un cielo interminable y un tierno y
desaparecido aliento.

Por ti vi entrar la noche en varios libros. Gracias a otros
hombres y su enseñanza, el tiempo es interminable.

NOTA

Este libro fue comenzado el 14 de Abril de 1966 en la
República Argentina para conmemorar el nacimiento
de D.P. de C. Algunos de sus textos fueron escritos en
el norte de México, en Mazatlán sobre el Océano
Pacífico; en la Banda Oriental de Uruguay, en la
ciudad de Albuquerque, en el Estado de New México,
en varios de sus pueblos y en The University entre 1966
y 1970 – alma mater –, remembranza, pensamiento y
disciplina intransferibles. La mayor parte de ellos
pertenece a un anillo de recuerdos y se acoge al
tiempo vivido en la calle Adams 829. Allí, la sombra
del árbol, las letras, la amistad callada y la vida.

Hoy, las páginas de este libro llegan de nuevo a esa
tierra y llevan en la dedicatoria las iniciales ardidas de
soledad terrible y reluciente (mi Padre y su amigo
M.R.N.), beata solitudo.

Los manuscritos tienen implícito el olvido de todo
tiempo y espacio. Recordemos las palabras castellanas
de Juan Fernández de Heredia de su glosa recogida en
el Cancionero de Evora:

> Sienpre soy quien ser solia.
>
> soy de quien fui e sere,
> que aunmque es muerta el alegria,
> pues qu' esta biua la fee,
> sienpre soy quien ser solya.

¡Sea Dios alto siempre e inmenso!

H.D.C.